新雅中文教室

口語·書面語對比60例

畢宛嬰 著

新雅文化事業有限公司
www.sunya.com.hk

目錄

動作描寫類

日常生活

校園生活

人物描寫類

外貌形象

行為舉止

事物描寫類

器物與環境

動物

心理描寫類

歡喜

憤怒

驚懼

思慮

前言

同學們，你們聽過一個笑話嗎？甲問乙：「點解點解叫點解？」乙莫名其妙：「什麼『點』？什麼『解』？你在説什麼？我聽不懂」。原來，甲的母語是粵語，乙不會説粵語，所以聽不懂。「點解點解叫點解？」這是一句粵語口語，如用書面語表達是「為什麼『為什麼』叫『點解』？」看了這個例子，大家就應該明白了，如果把粵語口語直接用於書面表達，不懂粵語的人是看不懂的，所以在閱讀與寫作中運用書面語便十分重要。

口語和書面語到底有什麼分別呢？

口語是指日常口頭交談時使用的語言，而書面語指的是人們在寫文章時使用的語言。不同地區人們所講的口語不同，一個人的本領再大，也不可能會説所有地方的語言，但書面語卻是一種共通的表達方式，使得每個地方的人都看得明白。粵語中的口語表達特別豐富，因此與書面語的差異就比較大。這也在一定程度上給母語為粵語的學生學習和運用書面語帶來了一些困難。

口語和書面語之間的差異大致可分為以下幾類：

① 從語法的角度看，口語的語法相對簡單、非正式，句子也以短句為主，但書面語則語法嚴謹、正式，句子多長句、複句。

② 從詞語角度看，口語用詞靈活、傳神，詞語多單音節詞，或俗語、俚語、歇後語等，而書面語用詞講究優雅、嚴謹，甚至包括一些專業術語。

③ 口語是口頭交流的語言，所以有語音語調的變化，一句話用不同的語氣説出來，人們便立刻可以理解。而書面語則不同，有時需要利用上下文來理解句子的含義。

口語和書面語也有相同之處，如「經濟」、「法律」這類詞語，在口語和書面語中的用法是一致的。

語言會隨着時代不斷地發展變化，無論是口語還是書面語，有些表達方式可能會被漸漸淘汰，有些新的表達方式又會出現。

本書以 60 個例子，拋磚引玉示範口語與書面語的差異，並詳細解釋如何正確使用書面語，但粵語口語博大精深，書中不能盡錄，想要正確地使用書面語，還需同學們平時多留意、多思考、多練習。

畢宛嬰

第一部分

動作描寫類

1 唔阻你了。不耽誤你的時間了。

唔阻你了。

小學生常見作文片段

我好長時間沒有見到住在上海的姨媽了，今天我打電話問候她，姨媽聽到我的聲音十分驚喜，也說非常想念我們。我們不知不覺談了二十分鐘，仍意猶未盡。我對姨媽說：「知道您非常忙，我**唔阻你了**，我下次再打電話給您。」

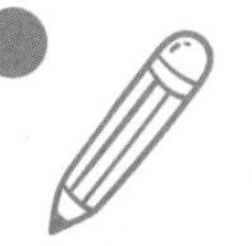

書面語　不耽誤你的時間了。

詳解

文中「阻」在粵語口語中十分常見，如用書面語表達，有「耽誤」的含義，也有「阻擋」的意思。如何區分呢？例如：姨媽很忙，打電話時間太長，會「耽誤」姨媽的時間。「不好意思，阻你一陣」書面語是「不好意思，耽誤你一點時間」或「不好意思，打擾你一下」。但如是另一種情景：幾個人站在樓道中央高談闊論，你說：「唔好阻住條路」，這裏「阻」便是「阻擋」的意思了，用書面語應該寫作「不要擋住路」。

語文應用

例句：

口語　雜物亂放會**阻住**走火通道。

書面語　雜物亂放會**擋住**走火通道。

練一練：

口語　鞋盒很**阻掟**，不要了！

書面語　鞋盒很（　　　　），不要了！

② 行返轉頭。往回走。

口語　行返轉頭。

小學生常見作文片段

下午，媽媽叫我和姐姐到超市買東西，我們們買了許多生活用品。回程時，姐姐突然想起來，媽媽還叫我們買牛奶。我擔心地說：「怎麼辦？再回去買嗎？」姐姐說：「我不想行返轉頭，我們在前面的便利店買吧。」

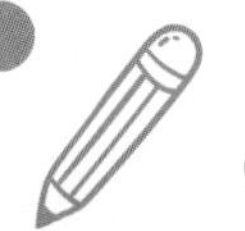

書面語　往回走。

詳解

口語「……返轉頭」前面加動詞，可以構成多種組合。文章中的動詞是「行」，加上「……返轉頭」，用書面語表達應該是「往回走」。如果動詞是「話」，加上「……返轉頭」，就是「話返轉頭」，用書面語表達是「話説回來」。這種表達也可以用否定式，如「現在後悔沒有用了，已經返唔到轉頭」，書面語是「已經不能回頭了」或「已經回不了頭了」。

語文應用

例句：

口語　**講返轉頭**，好在當時沒有做出錯誤決定。

書面語　**話說回來**，好在當時沒有做出錯誤決定。

練一練：

口語　現在**諗返轉頭**，那時我真的很傻。

書面語　現在（　　　　），那時我真的很傻。

③ 抌到垃圾桶裏。
扔到垃圾桶裏。

口語 抌到垃圾桶裏。

小學生常見作文片段

　　秋天到了，這一天，天朗氣清，我們一家人去郊野公園燒烤。我們烤了雞翅、香腸，還有蘑菇和菠蘿等。爸爸不時提醒我們：「垃圾不要隨便抌，要抌到垃圾桶裏。」我們都很注意衞生，按爸爸的要求將垃圾處理好。大家開開心心地過了一個下午，吃飽喝足，便回去了。

書面語　扔到垃圾桶裏。

詳解

粵語口語中經常會聽到這樣的説法「唔好周圍抌垃圾」或者「垃圾唔好周圍掟」。「掟」、「抌」都是口語詞彙，表示「扔」或「拋棄」、「丟棄」的意思。書面語一般用「扔」來表達即可，如「扔到垃圾桶裏」、「不要亂扔垃圾」。在口語中「抌」還有另外一種含義，例如：「汙糟衫唔好周圍抌」，這裏的「抌」是「放置」的意思，因為髒衣服並非要被扔掉，而是應該放到洗衣機裏清洗。

語文應用

例句：

口語　姐姐説：「變壞的食物不能吃，**抌咗**啦！」

書面語　姐姐説：「變壞的食物不能吃，**丟棄**吧！」

練一練：

口語　用過的口罩不能**亂掟**，要包好**抌到**垃圾桶裏。

書面語　用過的口罩不能亂（　　　　　），要包好（　　　　　）到垃圾桶裏。

4 企在門口。站在門口。

口語 企在門口。

小學生常見作文片段

今天是星期日，媽媽帶我們去看望外婆。我們到巴士站等車，車一到站，大家便有序地排隊上車。突然，人流不動了，原來有乘客企在門口，以至於其他人無法上車，車門也無法關上。司機叔叔大聲說：「請大家幫幫忙，不要企在門口！往裏走！」

書面語　站在門口。

詳解

文中「企在門口」中的「企」只單用一個「企」字，是口語表達。在書面語中，「企」只用於「企鵝」、「企盼」等雙音節詞語，不能只單用一個「企」字來表達「站立」的意思。如果想單用一個字表達，書面語要用「站」。「企在門口」的書面語即是「站在門口」。同樣，我們在生活中常常聽到的「企入啲」即是「往裏面站」的意思，書面語也可以直接用「往裏面走」來表達。

語文應用

例句：

口語　爺爺問：「你在這裏**企**了多長時間？」

書面語　爺爺問：「你在這裏**站**了多長時間？」

練一練：

口語　妹妹問我為什麼巴士上層不准**企立**？

書面語　妹妹問我為什麼巴士上層不准（　　　　　　）立？

5 沖茶、飲茶 泡茶、喝茶

口語 沖茶、飲茶

小學生常見作文片段

大伯從家鄉來香港出差，昨天他特意到我家來探望我們。因為大伯許久沒有來香港了，所以爸爸見到他很高興，拿出珍藏的茶葉**沖茶**給大伯品嘗。媽媽叫我給大伯斟茶，我手捧茶杯對大伯說：「大伯，請**飲茶**。」大伯很高興，摸着我的頭說：「浩明長大了，真有禮貌！」

書面語　泡茶、喝茶

詳解

文章中的紅字「沖茶」、「飲茶」都是口語表達。如果用書面語表達，「沖茶」的書面語是「泡茶」。「沖泡」這個詞語專用於沖泡茶葉等，書面語和口語各選用了其中一個字。書面語慣用「泡」字，而口語則用「沖」字。這裏的「飲茶」表示飲用茶水。並非是去酒樓吃蝦餃、燒賣等點心，所以，應該用書面語「喝茶」來表達。

語文應用

例句：

口語　爺爺説：「你**沖**茶了？給我斟一杯吧。」

書面語　爺爺説：「你**泡**茶了？給我斟一杯吧。」

練一練：

口語　媽媽説：「快點**飲埋**杯茶，我們要去酒樓飲茶。」

書面語　媽媽説：「快點（　　　　）完這杯茶，我們要去酒樓飲茶。」

6 不停地嘔。
不停地嘔吐。

口語 不停地嘔。

小學生常見作文片段

今天上體育課時，威威腸胃不舒服，不停地嘔，大家都嚇壞了。老師立刻帶威威去了醫療室。同學們都很擔心威威，好在老師回來後告訴我們，威威吃了藥已經沒事了，叫我們不要擔心。

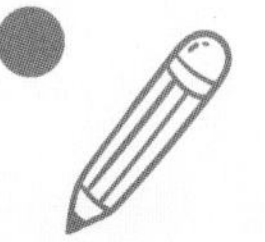

書面語　不停地嘔吐。

詳解

「嘔吐」這個詞語「嘔」和「吐」的意思一樣。這類詞語有很多。在口語中經常只用其中的一個字，但書面語表達有時用完整的詞語，有時也用另外一個字。比如「鬍鬚」這個詞，口語說「爺爺留鬚」，書面語要寫「爺爺留鬍鬚」或「爺爺留鬍子」。因此，文中「威威腸胃不舒服，不停地嘔」這一句的書面語應該是「威威腸胃不舒服，不停地嘔吐」。

語文應用

例句：

口語　不知道為什麼，他不停地**嘔**。

書面語　不知道為什麼，他不停地**嘔吐**。

練一練：

口語　晶晶不舒服，早餐都**嘔**出來了。

書面語　晶晶不舒服，早餐都（　　　　）出來了。

7 揿住 按住

口語 揿住

小學生常見作文片段

我家有兩隻柴犬，牠們叫吉吉、利利。今天，爸爸的同事帶他家的松鼠狗八白來我家玩。八白一進門，吉吉就好奇地上前嗅牠，可利利卻突然撲上去大叫，好像要咬牠。八白和我們都嚇了一跳，場面就要失控。這時，媽媽說：「快點揿住牠！」大家趕緊把八白抱了起來，避免了衝突。

書面語　按住

詳解

文章中「快點撳住牠」的「撳」是口語表達。同樣的意思，書面語要用「按」字，寫為「快點按住牠」。「撳」表示用手掌或用手指按壓的動作，書面語可用「按」字或「摁」字。坐巴士要下車，要「撳鐘」通知司機，書面語就是「按鈴」。風很大，要「按」住帽子，帽子才不會被大風颳跑。打完針，護士姐姐會告訴你要用酒精棉「撳住」針眼止血，書面語寫作「摁住」。

語文應用

例句：

口語　他說：「**撳**幾個**掣**就完成了，很簡單。」

書面語　他說：「**按**幾個**鍵**就完成了，很簡單。」

練一練：

口語　貓一看到魚就撲過去，**撳**都**撳**不住。

書面語　貓一看到魚就撲過去，（　　　　　）都（　　　　　）不住。

8 搣皮、批皮 剝皮、削皮

口語 搣皮、批皮

小學生常見作文片段

今天我們一家人吃水果，媽媽準備了火龍果和蘋果。媽媽把火龍果切開，一分為四，哥哥**搣皮**吃，吃得很快。小妹妹右手拿起一把水果刀，左手拿着一個蘋果，準備**批皮**。爸爸看到了，連忙阻止妹妹說：「你還小，用刀有點危險，等長大一些再學**批皮**吧。」

書面語 剝皮、削皮

詳解

文章中的紅字如果用書面語表達，「搣皮」應該是「剝皮」、「批皮」是「削皮」。用手去掉食物外面的皮或殼，書面語用「剝」。如火龍果、橙子等水果的皮，以及花生的殼等。而用刀斜着去掉物體的表層，書面語用「削」，例如：削蘋果、削鉛筆等。有許多廚房中的小工具，可以用來去皮，如小刀、去皮器等，使用它們去掉食物的皮，也用「削」。

語文應用

例句：

口語　煮熟的雞蛋要**搣**了殼才能吃。

書面語　煮熟的雞蛋要**剝**了殼才能吃。

練一練：

口語　媽媽指着兩個水晶梨對姐姐說：「你來**批**皮。」

書面語　媽媽指着兩個水晶梨對姐姐說：「你來（　　）皮。」

9 雪糕融咗。雪糕融化了。

口語 雪糕融咗。

小學生常見作文片段

當我拿起我愛吃的雪糕時，我喜不自禁地跑回家，結果到家一看，大事不好了。我傷心地對媽媽說：「媽媽，雪糕融咗。」媽媽說：「沒關係，因為雪糕要低溫保存，所以它遇熱會化掉，遇冷又會凝固。」

書面語　雪糕融化了。

詳解

文章中的紅字如果用書面語應該表達為「雪糕融化了。」「融咗」是「融化」的意思。「融」和「化」兩個字的意思相同。其實，很多兩個字的詞語，前後兩個字的意思是完全相同的。比如「進入」這個詞，「進」就是「入」，「入」就是「進」。這一類詞語，在口語中使用時，經常只用其中的一個字，但書面語表達有時用完整的詞語，有時用另一個字。

語文應用

例句：

口語　太陽出來了，院子裏的雪人被太陽曬得**融咗**。

書面語　太陽出來了，院子裏的雪人被太陽曬得**融化**了。

練一練：

口語　雪糕**融咗**，快點放進冰箱吧！

書面語　雪糕（　　　　），快點放進冰箱吧！

⑩ 不要蝦她。不要欺負她。

不要蝦她。

小學生常見作文片段

小美性格內向，總是一個人默默地坐在一邊。今天課間休息的時候，子風、小沛幾個人跟小美開玩笑，言語有點過火，小美低下頭，也不反駁。大家七嘴八舌，越說越過分。詩敏見到了，連忙走過去說：「子風，你們不要蝦她，這是不對的！同學們之間應該相互照顧，友好相處！」

書面語　不要欺負她。

詳解

粵語口語中的詞彙非常豐富，但寫作文時就應該用書面語去表達，不能寫口語詞，文中「你們不要蝦她」中的「蝦」就是口語詞彙，書面語應該寫成「欺負」。這一類的詞語有很多，平時多積纍，寫作時自然便不會用錯了。

例如：瞓 —— 睡覺　　　　嗌 —— 叫、叫喊

　　　呃 —— 騙、欺騙　　嬲 —— 生氣

例句：

你們不要**蝦**妹妹啊，她會**嬲**！

你們不要**欺負**妹妹啊，她會**生氣**！

練一練：

爸爸**瞓緊覺**，不要大聲**嗌**。

書面語　爸爸正在（　　　　），不要大聲（　　　　）。

11 提提我們。
提醒我們。

口語 提提我們。

小學生常見作文片段

下個星期天我們打算去慈山寺拜佛、參觀、吃素齋。這個季節正是遊覽慈山寺最好的時候，山上的桃花正在盛放，拍照一定十分漂亮。想到我自己總是粗心大意，忘記重要的事情，我便立刻跟媽媽說：「媽媽，下星期六晚上您一定要提提我們，電話要插足電！」媽媽和姐姐都笑了。

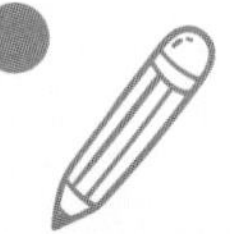

書面語 提醒我們。

詳解

口語中有些單字，書面語要用雙音節詞語，比如「馬戲團的小丑鼻好大」，書面語是「馬戲團的小丑鼻子很大」。「他中午只吃了一個包」，書面語要寫出是叉燒包、菜肉包還是麪包，或者寫「吃了一個包子」也可以，不能只寫「吃了一個包」。文中「提提我們」也一樣，書面語要用雙音節詞語「提醒」，文中「您一定要提提我們」便應該寫為「您一定要提醒我們」。

語文應用

例句：

口語　你不**提**我我都不記得了，謝謝你！

書面語　你不**提醒**我我都不記得了，謝謝你！

練一練：

口語　我對小蘭説：「到一點時你要**提提**我啊！」

書面語　我對小蘭説：「到一點時你要（　　　　）啊！」

⑫ 你聽住。你聽着。

口語 你聽住。

小學生常見作文片段

媽媽教我煎豆腐。我一聽要煎豆腐，就覺得很簡單，學的時候便有些漫不經心。媽媽說：「**你聽住**，你要學就認真學，如果三心二意，便不要學了。」媽媽說得對，我很慚愧，臉都紅了，垂下頭向媽媽道歉，並表示會好好學。

書面語 你聽着。

詳解

粵語口語中有許多動詞加「……住」的用法，可以有許多種組合，文中媽媽說「你聽住，你要學就認真學」，的「聽住」，用書面語表達為「聽着」。再如：「你仔細睇住我做……」，「睇」書面語是「看」，這句話就是「你仔細看着我做……」。還有如：「攞住」書面語是「拿着」；「着住」書面語是「穿着」，「小紅着住一件新外套」的書面語是「小紅穿着一件新外套」。

語文應用

例句：

口語　麻煩你幫我**攞住**，謝謝你！

書面語　麻煩你幫我**拿着**，謝謝你！

練一練：

口語　這部舊電腦你**用住先**，明天去買新的。

書面語　這部舊電腦你先（　　　　），明天去買新的。

⑬ 識
認識、會、知道

口語　識

小學生常見作文片段

　　我校畢業生王師兄是一位成功的律師。他除了專業知識扎實，還多才多藝，既識鋼琴、又會法文、日文等多種語言，是我的偶像！我識他，是因為開放日那天，他來學校時是我負責接待。他說自己住在南丫島，還問我有沒有去過。很可惜，南丫島我不識去，以後有機會，一定要去島上逛逛！

書面語　認識、會、知道

詳解

口語中的「識」用書面語表達有幾種不同的意思，比較複雜，運用時要注意分辨。

1. 我識他：這裏的「識」是「認識」的意思，書面語應該用「我認識他」。
2. 識彈琴：這裏的「識」是「會」的意思，書面語應該用「我會彈琴」。
3. 不識去：這裏的「識」是「知道」的意思，書面語應該用「我不知道如何去南丫島」。

語文應用

例句：

口語　小方不**識**騎自行車。

書面語　小方不**會**騎自行車。

練一練：

口語　你**識唔識**怎麼去慈山寺？

書面語　你（　　　　）怎麼去慈山寺？

14 打橫，打直，打斜 橫着、豎着、斜着

口語 打橫，打直，打斜

小學生常見作文片段

放學後，我和雪晴、嘉兒、靜林幾個人一起做壁報。我們打算設計一個「龍虎榜」，還想在壁報上貼上同學的相片。我們幾人討論應該如何貼相片才好看，大家七嘴八舌，發表意見。雪晴覺得相片應該打橫貼，嘉兒認為打直好看，靜林說打斜最好。

書面語　橫着、豎着、斜着

詳解

文中雪晴說相片應該「打橫貼」，書面語應該是「橫着貼」。嘉兒認為「打直」貼好看，口語「打直」的書面語應該是「豎着」。靜林說的「打斜」，書面語是「斜着」。「打」在書面語中表示動作，是一個動詞。但橫着、豎着等詞語，是事物存在的狀態，描述狀態時應該用形容詞，所以便會使用「橫着」、「豎着」、「斜着」。

語文應用

例句：

口語　麻煩叔叔幫我們拍一張合影，**打橫影**。

書面語　麻煩叔叔幫我們拍一張合影，**橫着拍**。

練一練：

口語　這張聖誕聯歡會的海報上，**打斜**畫了一串鈴鐺。

書面語　這張聖誕聯歡會的海報上，（　　　　）畫了一串鈴鐺。

⑮ 你們在傾什麼？你們在談什麼？

口語 你們在傾什麼？

小學生常見作文片段

小濤同學性格活潑，口才又好，說起話來滔滔不絕，大家都很喜歡跟他**傾偈**。這天小息，小濤跟大家坐在一起，天南海北地說了起來。大家你一言、我一語，七嘴八舌地說着。子健好奇地走過來問：「這麼熱鬧，**你們在傾什麼？**」小濤回答說：「沒說什麼特別的，我們在**傾閒偈**。」

書面語　你們在談什麼？

詳解

粵語口語中「傾」的意思是「談」、「説」或「聊」，書面語可以派生出多種組合。文中寫大家都喜歡跟小濤「傾偈」，用書面語表達是「談天」或「聊天」。「沒説什麼特別的，我們在傾閒偈」中的「傾閒偈」，書面語表達是「閒談」或「閒聊」。可如果見到「姐姐在傾電話」這樣的句子，就萬萬不能寫「姐姐在談電話」，可以直接寫「姐姐在打電話」，或者「姐姐在打電話聊天」。

語文應用

例句：

口語　他們在**傾**關於合約的事。

書面語　他們在**談**關於合約的事。

練一練：

口語　你**傾**電話**傾**了很長時間了，快去做功課。

書面語　你（　　　　　）電話（　　　　　）了很長時間了，快去做功課。

16 不要逼了！不要擠了！

口語 不要逼了！

小學生常見作文片段

下課鈴聲響起，同學們湧向小吃部，想買零食吃。今天買東西吃的同學特別多。雖然人擠人，但大家都很遵守秩序，安靜地排隊，但是因為人太多了，感覺很逼人。過來一會，不知道是誰往前擠，這時，有人大聲說：「不要逼了！大家都向後退一點。」

書面語　不要擠了！

詳解

口語中常常說的「逼」用書面語表達便是「擁擠」的意思。文中寫的「不要逼了！大家都向後退一點」的書面語表達是「不要擁擠！大家都向後退一點」，或者「不要擠了！大家都向後退一點」。「因為人多，感覺很逼人」書面語應該是「因為人多，感覺很擁擠」，或用「因為人多，感覺很擠」也可以。也就是說，粵語口語中常用的「擠逼」，在書面語中只用「擠」而不用「逼」。

語文應用

例句：

口語　你坐過來一點，**唔使逼埋一齊**。

書面語　你坐過來一點，**不用擠在一起**。

練一練：

口語　那裏很多人，很**擠逼**，我可不去。

書面語　那裏很多人，很（　　　　），我可不去。

17 夠鐘啦。時間到了。

口語 夠鐘啦。

小學生常見作文片段

放學之後，文芯跟小麗兩個人要留下來參加中國舞興趣班。因為還有半小時才開始，兩人便坐在一起談天。文芯、小麗說起共同的偶像，立刻便有很多話題，兩個人說得眉飛色舞。老師來了，看了看時間後說：「差不多了，就快**夠鐘啦**，我們開始吧。」

書面語　到時間啦。

詳解

文章中「就快夠鐘啦」是口語表達，書面語應該是「就快到時間啦」。除了「夠鐘」，粵語口語還有「夠運」、「夠喉」、「夠勁」等「夠」字一族。

比如：

1. 口語：謝謝大家的祝賀，我夠運才拿到冠軍。
   書面語：謝謝大家的祝賀，我運氣好才拿到冠軍
2. 口語：太好吃了！可惜太少，唔夠喉。
   書面語：太好吃了！可惜太少，不過癮。

語文應用

例句：

口語　**夠鐘啦，就嚟遲到啦！**

書面語　**時間到了，就要遲到啦！**

練一練：

口語　我覺得我這段時間**唔夠運**。

書面語　我覺得我這段時間（　　　　）。

綜合練習 1

一、請把以下口語改寫成書面語。

1. 搣皮：________________

2. 批皮：________________

3. 傾偈：________________

二、請圈出句子中的口語，在橫線上填上書面語。

1. 人很多，很逼，你小心一點。________________

2. 你不要蝦弟弟，要愛護弟弟。________________

3. 我不識畫畫，很抱歉！________________

三、下列詞語中哪幾個是口語？請圈出。

按住　撳住　蓋着　遮住　返轉頭　轉折點　團團轉

四、請用書面語改寫下列句子。

例子 口語　姑媽頸渴想飲茶，你斟杯茶畀姑媽。

書面語　姑媽渴了想喝茶，你斟杯茶給姑媽。

1. 這條打斜畫的彩帶好像真的一樣。

____

2. 你企入啲，阻住條路就不好了。

____

第二部分

人物描寫類

18 鼻哥、鼻窿、撩鼻 鼻子、鼻孔、挖鼻子

口語 鼻哥、鼻窿、撩鼻

小學生常見作文片段

小表弟的臉圓圓的，**鼻哥**也圓圓的，樣子非常可愛。假期，我陪他一起玩樂高。玩到一半，小表弟突然用手指**撩鼻**，差不多半根手指都進到**鼻窿**裏面了。我連忙說：「這樣既不衞生又危險。」還好小表弟很乖，馬上把手指拿了出來。我帶他去洗了手，才回來繼續玩。

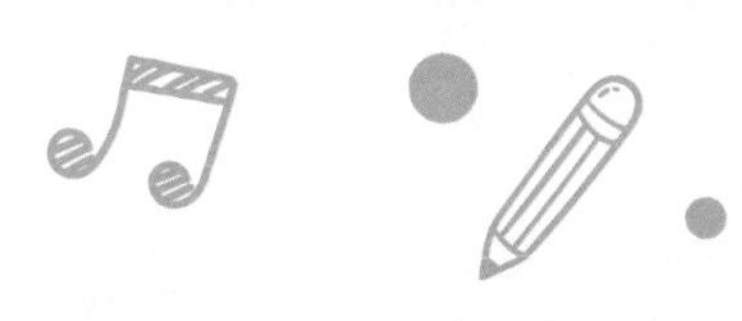

書面語 鼻子、鼻孔、挖鼻子

詳解

書面語中的「鼻子」在口語常用「鼻哥」來表達，或者只説一個「鼻」字。而書面語多用雙音節詞語，所以便不能單單寫一個「鼻」字。用書面語完整地表達應該為「小表弟的鼻子圓圓的」。而口語中常説的「鼻窿」、「鼻哥窿」，書面語是「鼻孔」。文中還提到小表弟經常「撩鼻」，這裏的「撩」書面語是「挖」或「摳」，「撩鼻」的書面語可以寫「挖鼻孔」、「挖鼻子」或「摳鼻孔」、「摳鼻子」。

語文應用

例句：

口語　他**鼻哥**高，**鼻窿**大。

書面語　他**鼻樑**高，**鼻孔**大。

練一練：

口語　**撩鼻**既沒有儀態又不衞生。

書面語　（　　　　）既沒有儀態又不衞生。

19 好核突。很難看。

口語 好核突。

小學生常見作文片段

今晚我們要去喝喜酒。妹妹很興奮，這是她第一次參加婚禮，所以她早早就開始打扮，自己選了衣服和褲子。我一看，她選的褲子短了一截，很不好看，我和姐姐叫她換一條，她卻不肯。姐姐耐心地解釋說：「這條褲子是前年買的，又舊又短，好核突。」

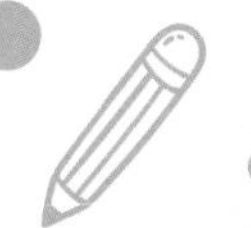

書面語　很難看。

詳解

文章中姐姐對妹妹説：「這條褲子是前年買的，已經短了，好核突」，這裏「核突」是「難看」的意思。粵語口語詞「核突」用書面語表達時，要根據不同情境決定採用哪個詞語。比如「地上有嘔吐物，好核突」，就是「地上有嘔吐物，很惡心」；「弟弟不愛洗臉，也不好好梳頭髮，好核突」，則可以用「難看」。

語文應用

例句：

口語　恐怖電影中那些妖怪的樣子很**核突**。

書面語　恐怖電影中那些妖怪的樣子很**惡心**。

練一練：

口語　你披頭散髮的樣子**好核突**。

書面語　你披頭散髮的樣子很（　　　　　）。

20 身水身汗。渾身是汗。

口語 身水身汗。

小學生常見作文片段

表哥是我的偶像，他讀書好，運動也特別出色，是學校籃球隊的隊長。我總是纏着表哥教我打籃球，今天，他終於同意教我打籃球。我認真學習，他耐心地教，打了一個小時，我們兩人都是身水身汗。

書面語 渾身是汗。

詳解

「身水身汗」的書面語表達應該用「渾身是汗」。「身水身汗」的「水」就是「汗」。與「身水身汗」意思相近的口語表達還有「成身汗」、「成頭大汗」、「大汗抌細汗」等。用書面語表達的話，「成身汗」可以寫作「渾身是汗」；「成頭大汗」是「滿頭大汗」；「大汗抌細汗」的書面語可以有多種不同的表達，如「渾身是汗」、「大汗淋漓」、「汗流浹背」、「揮汗如雨」等。

語文應用

例句：

口語　不要跑！**身水身汗**，風一吹，容易感冒。

書面語　不要跑！**渾身是汗**，風一吹，容易感冒。

練一練：

口語　看你**大汗抌細汗**，快擦一擦。

書面語　看你（　　　　），快擦一擦。

21 好有型。很帥氣。

口語 好有型。

小學生常見作文片段

我的爸爸三十多歲，是一名工程師。他中等身高，不胖不瘦，因平時喜歡運動，身材一直保持得很好。爸爸的眼睛很有神采。他的嘴角總是帶着微笑，很溫暖又很有自信。雖然爸爸不是很英俊的人，但他很有氣質，而且談吐不俗，我們三個孩子都覺得他好有型。

書面語 很帥氣。

詳解

文章中寫「爸爸好有型」，粵語口語「好有型」的書面語應該用「很帥氣」。男生不一定臉長得好看才叫帥氣，從穿戴、髮型、身型及氣質等方面，綜合起來給人以瀟灑、有風度的感覺，就可以用「帥」、「帥氣」或「酷」來形容。書面語也可以用四字詞來形容「好有型」，例如「氣度不凡」、「風度翩翩」等。

語文應用

例句：

口語　那位大鬍子足球明星長得不是很英俊，但是**好有型**。

書面語　那位大鬍子足球明星長得不是很英俊，但是**很帥氣**。

練一練：

口語　那位男明星長得不算好看，但**好型仔**。

書面語　那位男明星長得不算好看，但（　　　　）。

22 小酒凹 小酒窩

口語 小酒凹

小學生常見作文片段

我最好的朋友是娟娟。我和她就讀同一所幼稚園，上了小學，我們又是同學，這是何等的緣分！我還保留着幼稚園的畢業照片呢。照片上娟娟的眼睛大大的，笑的時候，腮邊的**小酒凹**若隱若現，十分可愛。她不但善解人意，而且樂於助人，她是個人見人愛的小女孩！

書面語　小酒窩

詳解

粵語的口語詞「酒凹」的書面語是「酒窩」。在作文中描寫樣貌的時候，以下幾個地方要注意。粵語口語習慣用單個字，如「眼、眉、鼻、耳、頸」等。但用書面語表達時，除了一些固定配搭之外，多用雙音節詞語，如「眼睛、眉毛、鼻子、耳朵、脖子」。什麼時候可以用單字來描寫樣貌呢？例如四字詞語：眼大無神、眉清目秀、異香撲鼻、耳聰目明。

語文應用

例句：

口語　小妹妹圓圓的臉上有兩個**酒凹**。

書面語　小妹妹圓圓的臉上有兩個**酒窩**。

練一練：

口語　這個卡通人物**耳大**、**鼻大**，特別可愛。

書面語　這個卡通人物（　　　　）大、（　　　　）大，特別可愛。

23 靚女、靚仔
漂亮的女孩、英俊的男孩。

口語　靚女、靚仔

小學生常見作文片段

我喜歡歌手阿伊，哥哥喜歡電影演員阿爾。阿伊是靚女，她眉毛細長、眼睛也大大的，是一位典型的美女。阿爾不算靚仔，但他笑容燦爛，身材健碩，是個陽光大男孩。他演技出色，演什麼角色都讓人信服，很受歡迎。

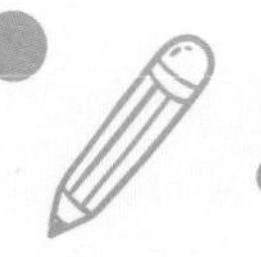

書面語　漂亮的女孩、英俊的男孩

詳解

文中的「阿伊是靚女」書面語表達是「阿伊長得很漂亮」。粵語口語詞「靚」形容人長得好看，「靚」既可以形容男性，也可以形容女性。但在書面語中，「美」、「美麗」、「漂亮」等詞語通常不形容男性。那麼，書面語可以用哪些詞語來形容「靚仔」呢？可以使用「英俊」、「俊朗」、「俊美」等詞語。如要用四字詞來形容人外形俊朗，可用「英俊瀟灑」、「玉樹臨風」、「儀表堂堂」等詞語。

語文應用

例句：

口語　我姐姐**生得好靚**。

書面語　我姐姐**長得很漂亮**。

練一練：

口語　我認為哥哥好**靚仔**，你認為呢？

書面語　我認為哥哥很（　　　　　），你認為呢？

24 膝頭哥
膝蓋

口語 膝頭哥

小學生常見作文片段

爺爺今年七十多歲，他個子很高，但因為年紀大了，背部微微有些彎。爺爺身體很好，沒有高血壓這類老年病，只是膝頭哥有時會痛。我經常陪爺爺散步，每次我都扶着他慢慢走。

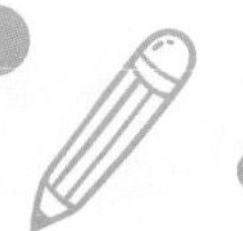

書面語　膝蓋

詳解

文章中「爺爺膝頭哥痛」的「膝頭哥」是粵語口語，書面語是「膝蓋」。與身體部位有關的口語詞如：「腳踭」，書面語應該寫「腳跟」，所以「高踭鞋」的書面語是「高跟鞋」。另外還要注意，粵語説「佢腳痛」，可能是腳，也可能是腿。但書面語中腿是腿，腳是腳，一定要分清楚，鞋是穿在腳上的，褲子是穿在腿上的。

語文應用

例句：

口語　她因為**膝頭哥**痛，很久不穿**高踭鞋**了。

書面語　她因為**膝蓋**痛，很久不穿**高跟鞋**了。

練一練：

口語　爺爺説他**腳**痛，因為他**膝頭哥**剛剛動了手術。

書面語　爺爺説他（　　　　）痛，因為他（　　　　）剛剛動了手術。

25 好得意。很可愛。

口語 好得意。

小學生常見作文片段

鄰居張太太生了一個女兒，媽媽帶我去張太太家看小女嬰。小女嬰的眉毛很淺，頭髮卻很濃密。她很愛笑，一逗她，她就揮動小胖手，笑個不停，**好得意**。張太太看見也笑了，說：「看來她很喜歡你呢！」

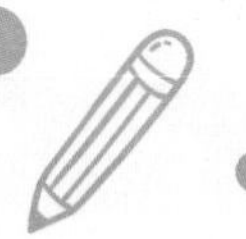

書面語 很可愛。

詳解

文中「小女嬰好得意」用書面語表達是「小女嬰很可愛」。「得意」有時也可以寫成「有趣」，如「這只狗會像人一樣做動作，好得意」就可以用「有趣」。使用「得意」這個詞語要慎重，因為含有「得意」的四字詞語不少，如：「得意門生」、「得意之作」、「洋洋得意」、「春風得意」、「自鳴得意」。這些成語中的「得意」意思是「滿意、稱心如意」，有的甚至帶有貶義，與「……好得意」中的「得意」表示可愛或有趣的意思完全不同。

語文應用

例句：

口語　這只松鼠狗好**得意**。

書面語　這只松鼠狗很**可愛**。

練一練：

口語　這個卡通人物圓頭圓腦，樣子十分**得意**。

書面語　這個卡通人物圓頭圓腦，樣子十分（　　　　）。

26 眯埋眼。閉上眼睛。

口語 瞇埋眼。

小學生常見作文片段

外婆今天七十五歲生日，晚上全家為她擺壽宴。老壽星今天特意打扮了一番。外婆穿了一件中式上衣，深紅色的。大家祝外婆「壽比南山」，她很開心，笑得都瞇埋眼了。吃過蛋糕之後，我們紛紛和外婆合影，留住這温馨的時刻。

書面語 閉上眼睛。

詳解

文中「瞇埋眼」的書面語是「閉上眼睛」。粵語口語中「埋」字的含義非常豐富，比如有不少「動詞 + 埋 + 名 / 代詞」的組合。除了文中的「瞇埋眼」，還有「閂埋門」、「等埋我」、「食埋佢」等。

口語：閂埋門。	書面語：關上門。
口語：等埋我。	書面語：等等我。
口語：食埋佢。	書面語：把它吃完。

語文應用

例句：

口語　風沙太大，**瞇埋眼**、**合埋口**！

書面語　風沙太大，**閉上眼睛**、**閉上嘴巴**！

練一練：

口語　最後離開辦公室的人要**熄埋**冷氣。

書面語　最後離開辦公室的人要（　　　　）空調。

27 肥肥白白 白白胖胖

口語 肥肥白白

小學生常見作文片段

今天是星期日，姨媽一家來我家吃晚飯。這次我很開心，因為姨媽帶了小表弟來。小表弟**肥肥白白**，可愛極了。我半年前見小表弟的時候，他正生着病，身體瘦弱。今天看他，好像肥了不少，面色紅潤，身體健康，非常活潑。

書面語 白白胖胖

詳解

「肥胖」這個詞語如果單用一個字來表達，書面語用「胖」，口語用「肥」。「好像肥了不少」的書面語表達是「好像胖了不少」。「小表弟肥肥白白」書面語是「小表弟白白胖胖」。那麼，「肥」字在書面語中就不能單獨使用嗎？能用！用在什麼地方？用在家畜、家禽上。例如「大肥豬」、「肥雞」。

語文應用

例句：

口語　小紅長得**肥肥白白**，成天面帶笑容，很可愛。

書面語　小紅長得**白白胖胖**，成天面帶笑容，很可愛。

練一練：

口語　媽媽説哥哥應該多運動，否則越來越**肥**。

書面語　媽媽説哥哥應該多運動，否則越來越（　　　　）。

28 得戚 得意

口語 得戚

小學生常見作文片段

今天我發覺志強有點悶悶不樂，問他發生了什麼事。他說：「我今天問小文功課上的問題，他的態度……很得戚，讓我很不舒服。」我馬上安慰他：「他人很好，我明天提醒他注意。他一定不是故意的，你不要生氣。」

書面語　得意

詳解

這裏「得戚」的書面語應該是「得意」。文章中的小文言談之中可能表現出了洋洋自得之意，使志強有些不舒服。書面語中含「得意」的詞語不少，如「春風得意」。有的詞含貶義，如「得意忘形」、「洋洋得意」。注意，這裏的「得意」跟第 56 頁中「……好得意」中的「得意」不同！「……好得意」中的「得意」是口語表達，是「可愛」的意思。

語文應用

例句：

口語　好啦，好啦，大家都知道你減肥成功，**唔使咁得戚**啦。

書面語　好啦，好啦，大家都知道你減肥成功，**不要得意忘形**。

練一練：

口語　你**唔好太得戚**，做壞事遲早會遭報應。

書面語　你**別太**（　　　　　），做壞事遲早會遭報應。

29 咪咪摩摩 磨磨蹭蹭

口語 咪咪摩摩

小學生常見作文片段

我覺得我姐姐什麼都好，就是做什麼都慢三拍，令人着急。今天我們要去酒樓喝早茶，到出發的時間了，她還在慢慢吞吞找衣服。媽媽有點生氣：「昨天就告訴你幾點出門了，你還在那裏**咪咪摩摩**！」

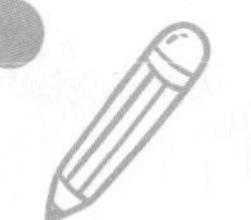

書面語 磨磨蹭蹭

詳解

「昨天就告訴你幾點出門了，你還在那裏咪咪摩摩」中的「咪咪摩摩」是粵語口語詞彙，書面語可以寫「磨磨蹭蹭」。「磨磨蹭蹭」是疊詞，也可以選擇用「磨蹭」，即有兩種表達方式。因此可以用「你還在那裏磨磨蹭蹭」，也可以用「你還在那裏磨蹭」。此外，「慢吞吞」、「慢慢吞吞」、「慢慢騰騰」等都可以使用。

語文應用

例句：

口語　電影就要開始了，你**仲係度咪咪摩摩**！

書面語　電影就要開始了，你**還在那裏磨磨蹭蹭**！

練一練：

口語　姐姐**做嘢咪咪摩摩，似個阿婆**！

書面語　姐姐**做事**（　　　　　　），**像個老婆婆**！

30 豬朋狗友 狐朋狗友

口語 豬朋狗友

小學生常見作文片段

志強之前在校外結交了一幫**豬朋狗友**，荒廢了學業。好在，老師和同學都沒有放棄他。在大家的幫助下，志強終於懸崖勒馬，重回學校。大家都很欣慰，還在志強生日那天為他慶祝，給了他一個驚喜。

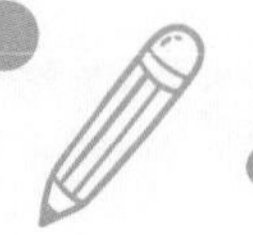

書面語　狐朋狗友

詳解

不少四個字的詞語，在書面語和口語中的表達是不一樣的，有的是其中的兩個字不同，有的只是「一字之差」。這篇文章中的「豬朋狗友」，書面語是「狐朋狗友」，只是「一字之差」，口語用「豬」字，書面語用「狐」字，雖然都是動物，但選擇的動物不同。還有如「人細鬼大」，書面語是「人小鬼大」，口語用「細」，書面語用「小」。

語文應用

例句：

口語　他交了一幫**豬朋狗友**，很快就學壞了。

書面語　他交了一幫**狐朋狗友**，很快就學壞了。

練一練：

口語　這個主意是弟弟想的，真是**人細鬼大**。

書面語　這個主意是弟弟想的，真是（　　　　　）。

31 巴閉 厲害

口語 巴閉

小學生常見作文片段

今天上體育課時，老師叫我們根據自己的身體狀況做仰臥起坐，累了就停下來。我做了 10 個就停了，浩民做了 20 個，小靈在女生中是最棒的，做了 21 個才停止。我說：「你們都那麼**巴閉**！我要努力了。」

書面語 厲害

詳解

文章中「你們都那麼巴閉！我要努力了」的「巴閉」是粵語口語詞彙，書面語可以表達為「你們都那麼厲害」，也可以是「你們都那麼棒」。「厲害」、「棒」在書面語中表示讚歎。「巴閉」有時也可以表達諷刺，比如「你唔好妒忌小南，你咁巴閉你去參加比賽啦。」，書面語是「你不要嫉妒小南，你那麼厲害你去參加比賽啊。」

語文應用

例句：

口語　你都**幾巴閉**喔，**識得**編程。

書面語　你很**厲害**啊，**會**編程。

練一練：

口語　**有乜嘢咁巴閉，係人都知啦。**

書面語　**哪有那麼（　　　　　），人人都知道。**

32 冇大冇細 沒大沒小

口語 冇大冇細

小學生常見作文片段

暑假我都在祖父、祖母家度過。祖父、祖母對我特別好。我幾乎每天睡到自然醒，祖母還給我買好東西吃，並不怎麼限制我。但那天媽媽提醒我不要跟祖父冇大冇細。我自我反省，祖父、祖母對我太好了，令我模糊了輩分的界限，有時開玩笑有點過火。

書面語 沒大沒小

詳解

「冇大冇細」書面語可以寫成「沒大沒小」。粵語口語「細」書面語有幾個解釋，這裏的意思是「小」。再舉幾個例子：「細路」是「小孩」，「細佬」是「弟弟」，「細嚿」是「小塊」。需要注意書面語中的「細」字，可以解釋成「幼細」、「幼」，比如粵語「條柱咁幼，得唔得啊？」書面語是「這根柱子這麼細，行不行啊？」

語文應用

例句：

口語　跟爺爺不能**冇大冇細**，快說「對不起」。

書面語　跟爺爺不能**沒大沒小**，快說「對不起」。

練一練：

口語　畫中的古代仕女面**細**下巴尖，**條眉好幼**。

書面語　畫中的古代仕女臉（　　　　）下巴尖，**眉毛很**（　　　　）。

33 甩甩咳咳 結結巴巴

口語 甩甩咳咳

小學生常見作文片段

上星期五，王老師留的功課是回家準備一篇短講。今天的中文課，大家一個個到前面演講。可能以前的中文功課幾乎都是「寫」的，很少是「說」的，同學們都有些緊張，我更是講得甩甩咳咳。

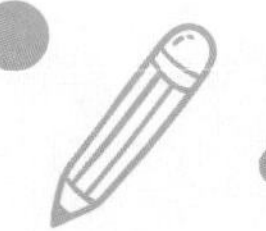

書面語　結結巴巴

詳解

文中「我講得甩甩咳咳」用書面語表達是「我講得結結巴巴」。「結結巴巴」在書面語中是形容詞，如果「結結巴巴」去掉兩個字變成「結巴」，它便既可以是動詞，也可以是名詞。比如「他結巴得厲害，下次再讓他說吧」中，「結巴」是動詞。「他是個結巴」，這裏的「結巴」就是名詞了。

語文應用

例句：

口語　爸爸第一次上台致辭，說得**甩甩咳咳**。

書面語　爸爸第一次上台致辭，說得**結結巴巴**。

練一練：

口語　怪不得他說話**甩甩咳咳**，原來是第一次上台。

書面語　怪不得他說話（　　　　　　　），原來是第一次上台。

34 叫極都唔醒。怎麼叫都叫不醒。

口語 叫極都唔醒。

小學生常見作文片段

這個星期天，我們全家準備去燒烤。上午十點，姐姐大聲說：「爸爸、媽媽，弟弟**叫極都唔醒**。再不出發，午餐變下午茶了！」弟弟是個很好的孩子，但是有些小毛病，比如髒衣服總是隨便放，媽媽說過他不少次，他卻**講極都唔聽**。

書面語　怎麼叫都叫不醒。

詳解

文中「叫極都唔醒」和「講極都唔聽」都是粵語口語，書面語分別是「怎麼叫都叫不醒」、「怎麼説都不聽」。「……極都唔……」用書面語表達是「怎麼……都……」，粵語「……極都唔……」可以有多種組合。比如「食極都唔肥」是「怎麼吃都吃不胖」；「講極都唔明」是「怎麼講都不明白」；「快極都有限」是「怎麼快都有個限度」。

語文應用

例句：

口語　老闆説我「**做極都做唔掂**」，我對自己也很失望。

書面語　老闆説我「**怎麽做都做不好**」，我對自己也很失望。

練一練：

口語　他的話我**諗極都諗唔明**。

書面語　他的話我（　　　　　　　　　　　）。

綜合練習 2

一．請把口語改寫成書面語。

1. 酒凹：____________

2. 鼻哥：____________

3. 冇大冇細：____________

二、請圈出句子中的口語，在橫線上填上書面語表達。

1. 你不要這麼得戚，做人要低調。 ____________

2. 口試時很緊張，講得甩甩咳咳。 ____________

3. 姐姐減肥減極都唔瘦，她很失望。 ____________

三、下列詞語中哪幾個是口語？請圈出。

鼻樑　　鼻窿　　巴閉　　閉塞　　雞毛蒜皮　　豬朋狗友

四、請用書面語改寫下列句子。

例子 **口語** 他得了獎，十分得戚。

書面語 他得了獎，十分得意。

1. 寶寶好得意，他現在瞇埋眼，看不出眼睛大小。

____

2. 外公跑完步身水身汗，但腰板挺直，好有型！

____

第三部分

事物描寫類

35 那抽鑰匙 那串鑰匙

口語 那抽鑰匙

小學生常見作文片段

今天早上爸爸出門前大聲問：「誰看到我**那抽鑰匙**了？那是公司的鑰匙！」媽媽說：「你換了外套，是不是在昨天那件外套的口袋裏？」爸爸不好意思地笑道：「果然是，我忘記了！」

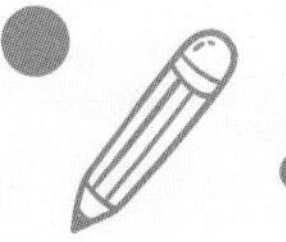

書面語　那串鑰匙

詳解

口語中人們常説的「一枝鎖匙」書面語是「一把鑰匙」。好多把鑰匙的書面語可以用「一串鑰匙」。不少量詞的口語與書面語不同，比如「一磚豆腐」書面語是「一塊豆腐」；「一條題目」是「一道題」；「一條香蕉」是「一根香蕉」；「一碌木頭」是「一段木頭」；「一套電影」是「一部電影」。

語文應用

例句：

口語　管理員先生腰間掛着**一抽**鑰匙。

書面語　管理員先生腰間掛着**一串**鑰匙。

練一練：

口語　我下午看了**一套**電影，回家後吃了**一條**香蕉。

書面語　我下午看了一（　　　　）電影，回家後吃了一（　　　　）香蕉。

36 一樽水 一瓶水

口語　一樽水

小學生常見作文片段

星期二是公眾假期，我們一家要去麥理浩徑遠足。弟弟很興奮，他把自己的物品整理好便問爸爸：「爸爸，我們帶四樽水夠不夠？天氣炎熱，四個人，一人一樽恐怕不夠。」爸爸說：「水很重，先帶這麼多，到時候再買。」

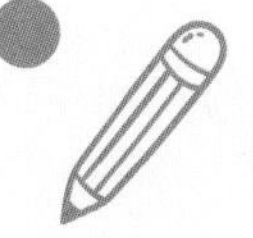

書面語　一瓶水

詳解

粵語口語中保留了不少古時的用法，例如文章中「一樽水」的「樽」。古代「樽」是一種酒器，「樽」現在指「瓶」，「一樽水」的「樽」是量詞，書面語用「一瓶水」來表達。再舉一個量詞的例子：粵語口語常說「飲啖水先」，書面語是「先喝口水」。「啖」在書面語中有兩種意思，一個是「吃」的意思，如蘇軾有詩「日啖荔枝三百顆」，這裏「啖」是「吃」；「啖」也可以當作量詞，如「飲啖水」的「啖」是量詞「口」。

語文應用

例句：

口語　媽媽對哥哥說：「**飲多啖湯啊。**」

書面語　媽媽對哥哥說：「**多喝點湯啊。**」

練一練：

口語　天氣炎熱，**帶多樽水穩陣啲。**

書面語　天氣炎熱，**多帶一（　　　　　）水保險一點。**

37 一嚿嚿 一團團

口語 一嚿嚿

小學生常見作文片段

這天，姐姐跟外婆學做雞蛋炒飯。食材除了米飯和雞蛋，還有切成一粒粒的芥蘭和胡蘿蔔。飯炒好了，看起來很不錯。飯是白色的，雞蛋是金黃色的，胡蘿蔔紅，芥蘭綠，色彩搭配非常漂亮。外婆說：「嗯，顏色很好看，只是米飯炒得一嚿嚿，還有待改進。」

書面語　一團團

詳解

姐姐炒飯「顏色很好看，只是米飯炒得一嚿嚿，有待改進」，書面語要表達為「顏色很好看，只是米飯炒得一團團的，有待改進」。「嚿」是粵語特有的量詞，根據物體的形狀，書面語可以是「團」、「塊」或「球」等。像「嚿」這種粵語特有的量詞還有不少，比如：

口語：一拃沙　　　　書面語：一把沙子
口語：一鑊粥　　　　書面語：一鍋粥
口語：一埲墻　　　　書面語：一面 / 堵 / 道墻

語文應用

例句：

口語　小弟弟把橡皮泥**攎埋一嚿**。
書面語　小弟弟把橡皮泥**揑成一團**。

練一練：

口語　老師叫我們寫量詞：**一拃**沙、**一埲**牆
書面語　老師叫我們寫量詞：一（　　　　　）沙子、一（　　　　　）牆。

38 一條香蕉 一根香蕉

口語 一條香蕉

小學生常見作文片段

中文老師叫我們嘗試寫四句兒童詩，我寫了一首：

這邊菠蘿和西瓜，

那邊芒果和榴蓮。

一條香蕉一袋橙，

還有荔枝和龍眼。

書面語　一根香蕉

詳解

文中的兒童詩裏「一條香蕉」，書面語是「一根香蕉」。

有不少量詞，粵語口語與書面語寫法一樣，但使用範圍不同。就拿這個量詞「條」舉例，粵語口語說「一條河」，書面語也是「一條河」。但是「一條香蕉」書面語就是「一根香蕉」。口語「多咗件衫」與書面語「多了一件衣服」的量詞都是「件」。但口語「多咗件豬扒」書面語卻是「多了一塊豬排」。

語文應用

例句：

口語　**少咗條蕉**？我**唔知呢件事**。

書面語　**少了一根香蕉**？我**不知道這件事**。

練一練：

口語　先吃**件**蛋糕，等會問你一件事。

書面語　先吃（　　　　）蛋糕，等會問你一件事。

39 街口 路口

口語 街口

小學生常見作文片段

我們搬家了！新家所在地區的生活配套相當齊全。我們家東面是超級市場，過兩個街口便是社區中心。西面是藥房，隔着一個街口是茶餐廳。在這裏居住，生活真是太方便了！

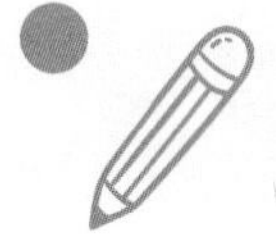

書面語 路口

詳解

文中「過兩個街口」的書面語是「過兩個路口」。還有幾個有關交通的詞語也要注意：

1. 口語：巴士埋站　　　書面語：巴士到站
2. 口語：雪糕筒　　　　書面語：交通錐／錐形路標
3. 口語：隧道　　　　　書面語：地下通道

香港人習慣說「行隧道過馬路」，嚴格來說，「海底隧道」那種才是「隧道」。

語文應用

例句：

口語　不能從這個**街口**進去了，那裏有幾個**雪糕筒**。

書面語　不能從這個**路口**進去了，那裏有幾個**交通錐**。

練一練：

口語　過了**隧道**，就到馬路對面了。

書面語　過了（　　　　　），就到馬路對面了。

40 隔離 旁邊

隔離

小學生常見作文片段

我一直都盼望去迪士尼看煙花，現在終於來到迪士尼了！進入大門，是「美國小鎮大街」，「美國小鎮大街」隔離是「探險世界」。我們玩機動遊戲、買紀念品，不知不覺太陽已經落山了。看完煙花表演，便依依不捨打道回府，隔離的迪欣湖只好下次再去了。

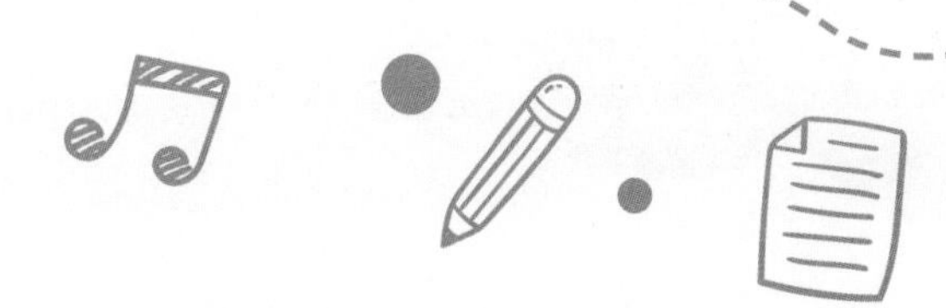

書面語　旁邊

詳解

文章中「『美國小鎮大街』隔離是『探險世界』」，這裏「隔離」的書面語應該用「旁邊」。「隔離」這個詞語經常有人用錯，把它與「隔壁」混淆了。「隔壁」一定是隔着一道牆壁的。例如：「我睇到隔離同學上堂睇漫畫」如果寫成「我看到隔壁同學上課看漫畫」，那他就是透視眼了，因為他可以穿透墻壁看到別人在做什麼！這裏應該用「旁邊」。但如表示住所，如「小明住我隔離」就要用「隔壁」。

語文應用

例句：

口語　外婆住我家**隔離**，方便照顧。

書面語　外婆住我家**隔壁**，方便照顧。

練一練：

口語　小學一至三年級嘉嘉都坐我**隔離**。

書面語　小學一至三年級嘉嘉都坐我（　　　　　）。

41 雀仔 小鳥

口語 雀仔

小學生常見作文片段

今晚全家到酒樓吃飯。這家酒樓餐具很漂亮，餐盤上繪着鴨仔在水中游，碗上畫着雀仔，栩栩如生。小妹很喜歡，她叫我幫她拍照，說回家之後要照着畫畫。這裏的食物也很好吃，連平時不好好吃飯的小妹也吃了一碗仔臘味糯米飯。

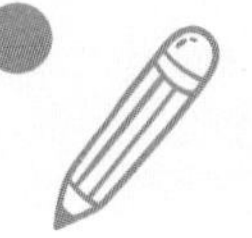

書面語　小鳥

詳解

粵語口語説「鴨仔」、「雀仔」、「碗仔」，這裏的「仔」書面語是「小」的意思。「鴨仔」就是「小鴨」或「小鴨子」；「雀仔」是「小鳥」或「小麻雀」；「碗仔」是「小碗」。口語中用「……仔」來表達的詞語還有很多，例如「豬仔」、「雞仔」。

語文應用

例句：

口語　那個**細蚊仔**很可愛。

書面語　那個**小朋友**很可愛。

練一練：

口語　用**毛巾仔**抹汗最環保。

書面語　用（　　　　　　）抹汗最環保。

口語　白鴿

小學生常見作文片段

這天舅父發來威尼斯聖馬可廣場的照片。弟弟興奮地說：「啊！廣場上這麼多白鴿！」明健表哥仔細看了看，說：「我怎麼沒有看到白色的？幾乎都是灰色的。」弟弟說：「灰色的不可以叫白鴿嗎？大家都這麼講啊。」明健表哥說：「可以說，但寫作文不可以這樣寫。」

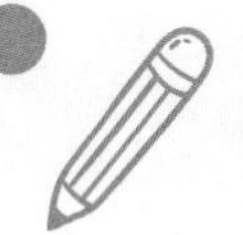

書面語　鴿子

詳解

文章中「廣場上這麼多白鴿」，「白鴿」書面語是「鴿子」。在粵語口語中，無論鴿子是不是白色的，都習慣稱呼為「白鴿」，而不理會顏色。類似的還有「大笨象」，大象身軀龐大，動作笨拙，稱「大笨象」，這很生動。但書面語卻沒有「笨」字，只寫作「大象」。另外，粵語口語中的「馬騮」的書面語是「猴子」。

語文應用

例句：

口語　在香港金山郊野公園可以看到**馬騮**。

書面語　在香港金山郊野公園可以看到**猴子**。

練一練：

口語　動物園有**大笨象**、**馬騮**，還有**白鴿**。

書面語　動物園有（　　　　　）、（　　　　　），還有（　　　　　）。

43 蟻 螞蟻

口語 蟻

小學生常見作文片段

這一天，小宏陪爺爺在街心公園散步，看到地上有許多蟻。他興奮地大叫：「爺爺，快來看！我第一次看到這麼多蟻。牠們好像在排隊。」爺爺說：「牠們應該是在搬運東西。螞蟻通常都是集體行動，團結合作去做一件事。」

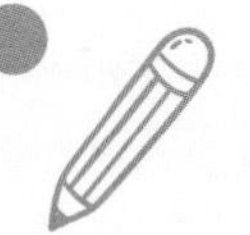

書面語　螞蟻

詳解

文章中的「地上有許多蟻」中的「蟻」，在書面語中應該用「螞蟻」來表達。粵語口語中「蟻」是單音節詞語，書面語則要用雙音節詞「螞蟻」。類似的還有「蚊」，粵語口語用單音節詞很常見，這是一種簡化的表達方式，但書面語就要寫雙音節詞「蚊子」，比如：「有蚊啊，快點關窗！」要寫成「有蚊子啊，快點關窗！」。還有「蟲」，「呢度有好多蟲，好核突！」書面語表達是「這裏有好多蟲子，很惡心！」

語文應用

例句：

口語　有**蚊**啊！快點給我「蚊怕水」！

書面語　有**蚊子**啊！快點給我「蚊怕水」！

練一練：

口語　郊外可能有**蟻**和**蟲**。

書面語　郊外可能有（　　　　　）和（　　　　　）。

綜合練習 3

一．請把以下口語改寫成書面語。

1. 街口：________________

2. 隔籬：________________

3. 雀仔：________________

二、請圈出句子中的口語，在橫線上填上書面語。

1. 公園裏有很多灰色的白鴿。 ________________

2. 哎呀！這裏有很多蟻，怎麼辦？ ________________

3. 牆上掛着一抽鎖匙。 ________________

三、下列詞語中哪幾個是口語？請圈出。

水樽　　水杯　　一嚿　　一團　　雞翅　　雞髀

四、請用書面語改寫下列句子。

例子 口語　香港有馬騮，沒有大笨象。

書面語　香港有猴子，沒有大象。

1. 蛋糕上面有兩條頭髮，咁核突。

____

2. 家怡在學校坐我隔籬，我們通常會一起返學。

____

第四部分

心理描寫類

44 愛錫 愛

口語 愛錫

小學生常見作文片段

暑假我去鄉下探望外公、外婆。那裏山明水秀，空氣清新。我每天跟着表哥滿山跑，直到我扭傷了腳，外婆就不允許我到外面玩了。我很不高興，一整天都不理外婆。外公對我說：「腳扭傷了要休息，你外婆很錫你，她希望你也愛錫自己的身體。」

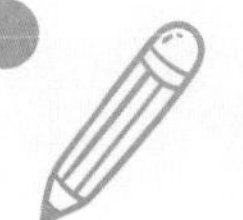

書面語 愛

詳解

粵語口語裏有「錫」、「愛錫」，書面語不用寫「錫」字，寫「愛」或「疼愛」就可以了。「爺爺好錫我」書面語是「爺爺很愛我」，也可以是「爺爺很疼愛我」，「爺爺很疼我」。

不能用「錫」，同樣不能用「錫到燶」，也不能改成「愛到燶」。那怎麼表達「錫到燶」呢？可以用「爺爺非常非常疼愛我」、「爺爺對我特別特別好」等來表達。

語文應用

例句：

口語　媽媽好**錫**我，我好**鍾意**我的小貓。

書面語　媽媽很**愛**我，我很**喜歡**我的小貓。

練一練：

口語　爺爺**錫**我**錫到燶**。

書面語　爺爺（　　　　　　　　　　）。

45 好鍾意
愛、喜歡

口語 鍾意

小學生常見作文片段

我們家有一隻花貓——球球。媽媽好鍾意貓，就去「香港愛護動物協會」領養了一隻。球球鍾意睡覺，鍾意曬太陽，不頑皮的時候很安靜。把牠抱在懷中，感覺任何煩惱都煙消雲散了！

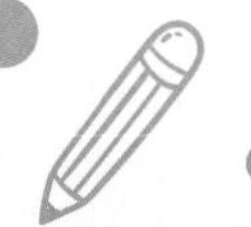

書面語 愛、喜歡

詳解

口語「鍾意」的書面語有時用「喜歡」，有時用「愛」。但是書面語中使用「愛」字要慎重。文中「好鍾意貓」書面語是「很喜歡貓」。「球球鍾意睡覺」可以用「喜歡睡覺」，也可以用「愛睡覺」。除非特別特別喜歡，「愛」字後面直接跟名詞要慎重，如「去旅行，同德國比，我更鍾意法國」，這裏要用「喜歡」。因為他只是更想去法國玩，遠遠沒有到「愛法國」的程度。

語文應用

例句：

口語　我的貓**鍾意**睡覺，我也**鍾意**睡覺。

書面語　我的貓**喜歡**睡覺，我也**喜歡**睡覺。

練一練：

口語　貓太高傲，相比之下我更**鍾意**狗。

書面語　貓太高傲，相比之下我更（　　　）狗。

46 開心到飛起。開心得不得了。

口語 開心到飛起。

小學生常見作文片段

今天是我第一次穿正式的芭蕾舞鞋上台表演。老師發了表演服裝。海藍色的紗裙，上面縫着亮片，燈光下，一閃一閃的，漂亮極了！我抱着裙子轉了好幾個圈，真是**開心到飛起**！

書面語 開心得不得了。

詳解

文章中「我」拿到漂亮的表演服「開心到飛起」，書面語有好幾種表達開心的方法，如「開心得不得了」、「開心得要命」、「開心極了」，或者用成語「欣喜若狂」、「手舞足蹈」、「心花怒放」、「眉飛色舞」等。粵語口語「……到飛起」還有如「貴到飛起」，書面語寫作「貴得不得了」；「平到飛起」寫作「便宜得要命」；「熱到飛起」可以是「熱極了」。

語文應用

例句：

口語　我的大姐**靚到飛起**。

書面語　我的大姐**美得不得了**。

練一練：

口語　我哥哥讀書**叻到飛起**。

書面語　我哥哥讀書（　　　　　）。

47 火滾 非常憤怒

口語 火滾

小學生常見作文片段

今天遇到一件事，真令我火滾。放學途中，不少人站在馬路旁邊等綠燈，我也站在人群之中。這時，一個中年男人擠出人群，不等綠燈亮，就向馬路中間走去。他擠過人群的時候還說：「不要擋路！」違反交通規則已經錯了，還說我們「擋路」，真令人火滾！

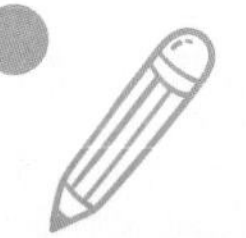

書面語　非常憤怒

詳解

文章中「今天遇到一件事，真令我火滾」的「火滾」在口語中是非常生氣、非常憤怒的意思。書面語表達生氣、憤怒有好幾種方法，比如成語有：「七竅生煙」、「怒氣沖天」、「怒火中燒」、「火冒三丈」、「怒不可遏」等等。還有貶義詞：「氣急敗壞」、「惱羞成怒」、「大發雷霆」、「暴跳如雷」等。寫作文要注意詞語的褒貶義，寫爸爸生氣了可不能用「氣急敗壞」啊，哈哈！

語文應用

例句：

口語　**搭**飛機**佢**都遲到，**唔到你唔火滾**。

書面語　**坐**飛機**他**都遲到，**真令人憤怒**。

練一練：

口語　經理現在**咁火滾**，**點勸佢**？

書面語　經理現在（　　　　　　），怎麼勸他？

48 嬲爆爆 氣鼓鼓的

口語 嬲爆爆

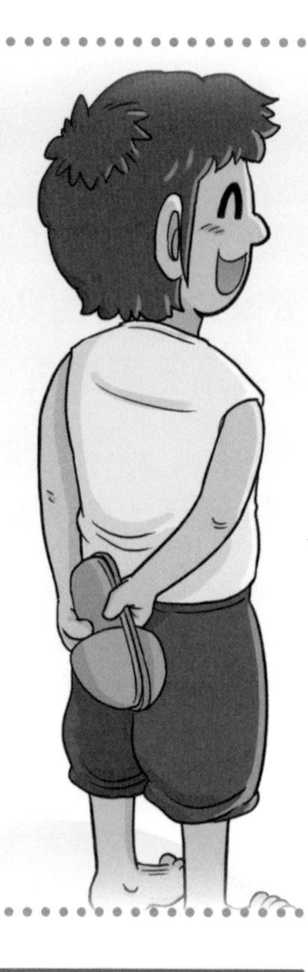

小學生常見作文片段

我家的小貓迪迪是個小調皮。牠經常把拖鞋藏起來。牀底下、沙發後面都是牠的藏寶地點。哥哥不厭其煩，就把拖鞋收起來了。迪迪找不到拖鞋，不跳也不叫，就站在那裏，看着我們。妹妹哈哈笑：「你看牠嬲爆爆的樣子，太可愛了！」

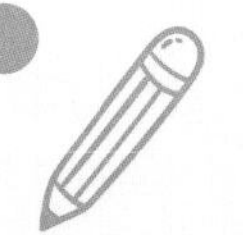

書面語　氣鼓鼓的

詳解

文章中的小貓「嬲爆爆的樣子，太可愛了」，如果希望作文寫得生動一點，「嬲爆爆」的書面語可以用「氣鼓鼓的」。寫「生氣的樣子，太可愛了」也可以。前面表達生氣、憤怒有多種方法，介紹了幾個成語，再來介紹幾個習慣用法，如「氣不打一處來」、「把我氣壞了」等，都是書面語表達方式。

語文應用

例句：

口語　**細佬個樣嬲爆爆，點解**？

書面語　**弟弟的樣子氣鼓鼓的，為什麼**？

練一練：

口語　**睇佢嬲爆爆個樣，知唔知點解**？

書面語　看他那（　　　　　）的樣子，**知不知道為什麼**？

49 唔忿氣 不服氣

口語 唔忿氣

小學生常見作文片段

這次運動會，我們班的總成績是第二名。上一次我們班是第一名。比賽結束後，小麟**唔忿氣**，說：「這次如果不是東東扭傷腳退出比賽，我們也不會……」小麟馬上制止他說下去：「快別說了！東東也不想受傷，那是意外，不要把成績看得那麼重要。」

書面語　不服氣

詳解

文章中的「小麟唔忿氣」是口語表達，書面語可以用「小麟不服氣」來表達，或簡單地寫作「小麟不服」。

書面語中「服氣」及「不服氣」是一對意思相反的詞語。「服氣」的意思是「由衷地信服」，「不服氣」的意思相反。粵語口語中的「唔」，在書面語中便是「不」的意思。

語文應用

例句：

口語　聽了老師的批評之後，他有點**唔忿氣**。

書面語　聽了老師的批評之後，他有點**不服氣**。

練一練：

口語　我們真的**唔忿氣**！這太不公平了！

書面語　我們真的（　　　　　）！這太不公平了！

50 唔好諗咁多。不要想那麼多。

唔好諗咁多。

小學生常見作文片段

嘉敏的爺爺去世了，她非常傷心。我們安慰她，她悲痛地說：「不知爺爺現在在哪裏？衣服是不是保暖？飯夠不夠吃？」我馬上說：「別太擔心了，爺爺一定在天堂。千萬唔好諗咁多，你這樣，爺爺會擔心的！」

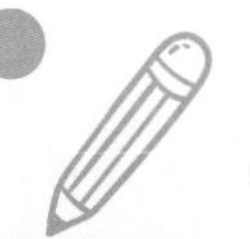

書面語　不要想那麼多。

詳解

嘉敏的爺爺去世了，同學安慰她「唔好諗咁多」，書面語用「不要想那麼多」來表達。如果跟被安慰的人是特別熟悉親近的人，也可以說「不要胡思亂想，爺爺會擔心你的！」

粵語口語中的「諗」，在書面語中，用「想」來表達。有時也用「思考」來表達。例如「我諗下」，在書面語寫作時可以寫「我思考一下。」

語文應用

例句：

口語　**唔好諗咁多**，你傷心爺爺也會傷心。

書面語　**不要想那麼多**，你傷心爺爺也會傷心。

練一練：

口語　**唔好諗咁多**，你越**諗**越難過。

書面語　（　　　　　），你越（　　　　　）越難過。

51 今次大件事啦！這回麻煩了！

口語 今次大件事啦！

小學生常見作文片段

今天吃午餐的時候，小芬和小芳在興高采烈地談天，小明從旁邊走過，不小心把小芬的飯盒打翻了，小明嚇得目瞪口呆，大聲說：「今次大件事啦！怎麼辦？怎麼辦？我……我……」周圍的同學也都不知所措，還好王老師走過來，說：「不要怕……」

書面語　這回麻煩了！

詳解

「大件事」指情況壞得很、很嚴重，問題很難解決。小明把小芬的飯盒打翻了，食物全部掉在地上，不能吃了，小芬沒有午飯吃要餓肚子了。小明認為這不是他能解決的問題，他嚇壞了，口語用「大件事」表達。「今次大件事啦！」書面語是「這回麻煩了！」。也可以只說「麻煩了」或「糟糕了」。

這裏的「今次」在書面表達時可以用「這回」或「這下」。

語文應用

例句：

口語　小文打碎了媽媽心愛的花瓶，他說：「**今次大件事啦！**」

書面語　小文打碎了媽媽心愛的花瓶，他說：「**這回麻煩了！**」

練一練：

口語　爺爺手機丟了，他說：「**今次大件事啦！**」

書面語　爺爺手機丟了，他說：「（　　　　　）！」

52 好驚啊！很害怕！

口語 好驚啊！

小學生常見作文片段

晚飯後，我和妹妹陪外公、外婆在樓下散步。一位菲傭姐姐拉着一只可愛的小狗迎面走來，忽然小狗大叫着撲向妹妹。妹妹大叫着「**好驚啊！**」撲到外婆懷中。菲傭姐姐一邊道歉一邊把小狗拖走了。外婆安慰妹妹：「**唔使驚**，沒事了」

書面語　很害怕！

詳解

文中「好驚」，書面語是「很害怕」；「唔使驚」是「不要怕」或「不用怕」。

雙音節詞語中有不少含有「驚」字的，如「驚奇」、「驚險」、「吃驚」、「驚慌」等等。粵語口語往往習慣單用一個「驚」字，寫作文時就要注意了，應該用雙音節詞語。比如「你點解咁驚？」，書面語是「你為什麼這麼害怕？」。

語文應用

例句：

口語　你**咁驚做乜嘢**？

書面語　你**這麼害怕做什麼**？

練一練：

口語　我不看恐怖片，因為**好得人驚**。

書面語　我不看恐怖片，因為（　　　　　）。

53 驚到手震。害怕得手發抖。

口語 驚到手震。

小學生常見作文片段

我不會忘記我第一次玩過山車時的情景。過山車上升的時候，我一點都不驚，甚至還有點期待。但是接着人就好像被拋起來一樣，我的五臟六腑好像都移位了。下了過山車，姐姐走過來問我好不好玩，我說：「好驚！驚到手震。」

書面語 害怕得手發抖。

詳解

文中「驚到手震」，書面語是「害怕得手發抖」或「害怕得手都在發抖」。

粵語口語表示「好驚」還有如「嚇死人！嚇到我手騰腳震。」、「個病人聽到佢肺有陰影，嚇到面青口唇白」，書面語分別是「嚇死人了！嚇得我渾身發抖 / 顫抖」、「那個病人聽到他肺有陰影，嚇得臉都白了」。

語文應用

例句：

口語　**我唔驚打針，但我驚食中藥** 。

書面語　**我不害怕打針，但我害怕吃中藥。**

練一練：

口語　好恐怖！**驚到佢面青口唇白**。

書面語　很恐怖！他（　　　　　　）。

54 乞人憎。令人討厭。

口語 乞人憎。

小學生常見作文片段

今天是星期六，媽媽帶我到街上賣旗籌款。媽媽鼓勵我要大膽，但是可能因為我害怕的緣故，聲音很小，又不敢抬頭。媽媽叫我迎上前聲音大一點，我說：「這樣會不會乞人憎？」媽媽說：「你先微笑着說『你好』，再用『請問』。你很有禮貌，就不會乞人憎了」。

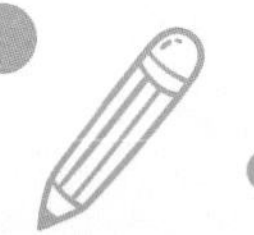

書面語 令人討厭。

詳解

「憎」是「憎恨」，但「乜人憎」中的「憎」在程度上沒有那麼嚴重，是「討厭」的意思。「乜人憎」書面語是「令人討厭」。「好乜人憎」書面語就是「特別令人討厭」或「真令人討厭」。根據語境的不同，也可以是「惹人討厭」、「讓人討厭」或直接寫「討厭」、「真討厭」。

語文應用

例句：

口語　外婆苦口婆心對外孫説：「千萬不要養成壞習慣，那樣會**乜人憎**。」

書面語　外婆苦口婆心對外孫説：「千萬不要養成壞習慣，那樣會**令人討厭**。」

練一練：

口語　哥哥皺着眉頭對弟弟説：「你不要抖腳好不好？**好乜人憎**。」

書面語　哥哥皺着眉頭對弟弟説：「你不要抖腳好不好？（　　　　　　）。」

55 冇佢符。拿他沒辦法。

口語 冇佢符。

小學生常見作文片段

姐姐和妹妹關係很好，但是她們卻時時發生爭執。姐姐和妹妹同住一個房間，姐姐喜歡安靜，妹妹喜歡開大音量聽音樂。姐姐今天又跟媽媽抱怨：「說了多少次她都不聽，真是冇佢符！」

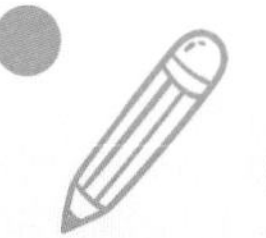

書面語 拿他沒辦法。

詳解

文中「說了多少次她都不聽，真是冇佢符」的「真是冇佢符」是口語表達，書面語是「真拿他沒辦法」。不少人寫成「沒他辦法」是不對的。

還有「冇符」、「冇矖符」等，如「沙發修好了，小狗又把它抓壞了，搞到我冇矖符」，書面語是「沙發修好了，小狗又把它抓壞了，我真是一點辦法也沒有」或「我真是拿牠一點辦法也沒有」。

語文應用

例句：

口語 電腦**成日**斷線，**搞到我冇矖符**。

書面語 電腦**經常**斷線，**我真是沒辦法**。

練一練：

口語 天天說他，他就是不聽，**冇符啊**。

書面語 天天說他，他就是不聽，（　　　　　）。

56 心思思 惦念

口語　心思思

小學生常見作文片段

小維好像有心事，同學們都不知道原因，就問我知不知道。我說：「我知道他為何心思思，他的堂兄跟家人到外國生活了。小維跟他的堂兄關係特別好，現在堂兄移民了，他很不習慣。沒關係，我們多陪陪他，相信過一段時間就好了。」

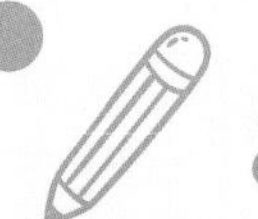

書面語　惦念

詳解

文中的「心思思」，書面語是「惦念」。「媽媽上星期睇中件衫，心思思想買。」中的「心思思」是物不是人，可以用「惦記」，書面語表達為「媽媽上星期看中了一件衣服，直到今天都惦記着，想去買。」「心思思」有時可以直接寫作「想」，如「我心思思那間新餐廳」寫成「我一直想去試試那間新餐廳」，加「一直」，表達效果與「惦記」一樣。

語文應用

例句：

口語　**好耐未見**祖母了，我**心思思想返大陸探佢**。

書面語　**好久沒見**祖母了，我**一直想回大陸探望她**。

練一練：

口語　上週新開了**間**餐廳，我**心思思想去試下**。

書面語　上週新開了一家餐廳，我（　　　　　　）去看看。

57 好掛住。很掛念你。

口語 好掛住。

小學生常見作文片段

小奇跟隨家人移居加拿大已經一年了，我**好掛住**他。我和小奇很有緣，我們就讀同一間幼稚園，小學又同班。我們一起上課，放學後會去同一家補習班做功課，又或者一起參加課外活動。現在遠隔重洋，小奇，我真是**好掛住**你！

書面語　很掛念你。

詳解

文中「我好掛住你。」書面語是「我很掛念你。」再舉一例：「親愛的爸爸，你公幹何時回來？我時不時都好掛住你。」書面語是「親愛的爸爸，你出差何時回來？我每時每刻都很掛念你。」

表達「想念」，粵語口語也說「心掛掛」，相關的書面語是「心裏很掛念」、「牽掛」等。

語文應用

例句：

口語　小燕轉校前我送她一張卡片，上面寫了「燕：我會**掛住你**的」。

書面語　小燕轉校前我送她一張卡片，上面寫了「燕：我會**掛念你**的」。

練一練：

口語　不管兒女年齡多大，父母永遠**掛住**他們。

書面語　不管兒女年齡多大，父母永遠（　　　　　）

心理描寫類 思慮

58 點算好？怎麼辦好呢？

口語 點算好？

小學生常見作文片段

今天我們一家人去大澳玩，但是剛走到車站，就下起了小雨。妹妹很着急：「**點算好**呢？**點算好**呢？」媽媽說：「天雨路滑，改天吧。」爸爸問我和妹妹：「**點算**呢？」妹妹說：「我們再等十分鐘，如果雨停了就去，好嗎？」大家都同意妹妹的提議。

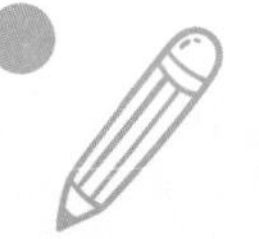

書面語　怎麼辦好呢？

詳解

粵語口語「點算？」、「點算好呢？」表示猶豫，拿不定主意，書面語可以寫成「怎麼辦？」、「怎麼辦好呢？」「怎麼辦才好呢？」、「應該怎麼辦呢？」等。

表示猶豫的成語和四字詞有：「猶豫不決」、「舉棋不定」、「猶猶豫豫」等。還有帶貶義色彩的如「優柔寡斷」。

語文應用

例句：

口語　小強拿不定主意，不停自言自語：「**點算呢？**」。

書面語　小強拿不定主意，不停自言自語：「**怎麼辦好呢？**」。

練一練：

口語　**咁樣唔得，咁樣又唔得，你話點算**？

書面語　**這樣不行，那樣也不行，你說**（　　　　）？

59 估
估計、猜

口語 估

小學生常見作文片段

下個月是媽媽 35 歲生日，我們商量給媽媽送什麼禮物。哥哥提議送生日卡，妹妹說應該買禮物送給媽媽。哥哥說：「買禮物？我估媽媽不會喜歡。媽媽很節儉，我估她不希望我們花錢買禮物。」妹妹卻說：「我們用自己的利是錢買實用的東西，我估媽媽不會不高興。」

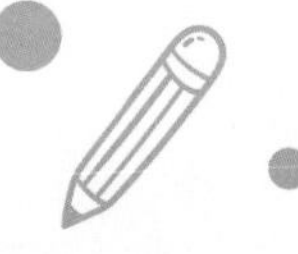

書面語　估計、猜

詳解

粵語口語「估」，書面語有的時候應該寫「猜」，比如「你估我今天帶了什麼零食？」書面語是「你猜我今天帶了什麼零食？」，這裏的「估」是「猜測」的意思。文中「花錢買禮物？我估媽媽不會喜歡」，這裏的「估」是「推測」的意思。從媽媽一貫很節儉，推測出她不喜歡花錢買的禮物，這裏用「估計」、「猜」都可以。

語文應用

例句：

口語　明天是便服日，你**估**我穿什麼？

書面語　明天是便服日，你**猜**我穿什麼？

練一練：

口語　外婆喜歡吃辣，我**估**她會喜歡四川菜

書面語　外婆喜歡吃辣，我（　　　　　）她會喜歡四川菜。

心理描寫類
思慮

60 一於咁話。就這麼決定了。

口語 一於咁話。

小學生常見作文片段

小萍到內地參加朗誦比賽，拿了獎。她明天回來，同學們想搞一個歡迎儀式。班長小紅說：「是自製標語呢？還是買一束花？」大家商量了一陣，小紅說：「我們自己設計標語，再做一束紙花，既能代表我們的心意，又不用花錢，一於咁話！」

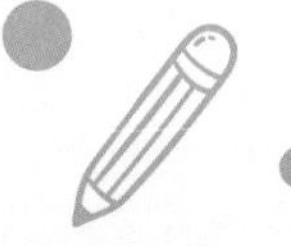

書面語　就這麼決定了。

詳解

文中「一於咁話！」的書面語是「就這麼決定了」。文中歡迎儀式具體怎麼搞，大家拿不定主意，最後班長一錘定音。粵語口語「一於咁話」含有「最終決定」、「不會再改變」的意思。「去茶餐廳還是茶樓？茶樓！一於咁話。」書面語是「去茶餐廳還是茶樓？茶樓！就這麼決定了。」「就這麼決定了」有時也寫成「就這麼説定了」。

語文應用

例句：

口語　學中國舞還是芭蕾舞？學中國舞！**一於咁話**。

書面語　學中國舞還是芭蕾舞？學中國舞！**就這麼決定了**。

練一練：

口語　十點還是十點半？十點半集合，**一於咁話**！

書面語　十點還是十點半？十點半集合，（　　　　）！

綜合練習 4

一．請把以下口語改寫成書面語。

1. 好驚：________________

2. 點算：________________

3. 乞人憎：________________

二、請圈出句子中的口語，在橫線上填上書面語。

1. 雷聲很響，妹妹說她驚到手震。 ________________

2. 一於咁話！我參加接力賽。 ________________

3. 小明這次沒拿到獎，他唔忿氣。 ________________

三、下列詞語中哪幾個是口語？請圈出。

愛惜　愛錫　鍾意　鍾情　孤零零　心思思

四、請用書面語改寫下列句子。

例子 **口語**　明天是你的生日，你估會收到什麼禮物？

書面語　明天是你的生日，你猜會收到什麼禮物？

1. 阿哥總是脫了臭襪子隨便放，媽咪好火滾。

____

2. 玲玲好掛住在外國留學的表姐。

____

口語與書面語中名詞使用的差異

有一些名詞，粵語口語與書面語不同，大家也應該有所了解，學會使用相對應的書面語。

口語	書面語
甲甴	蟑螂
烏蠅	蒼蠅
豬潤	豬肝
雞髀	雞腿
香口膠	口香糖
士多啤梨	草莓
公仔面	速食麪
銀包	錢包

口語	書面語
散紙	零錢
雪櫃	冰箱
冷氣	空調
漿糊筆	固體膠
擦膠	橡皮
薯仔	馬鈴薯
飲筒	吸管
班房	教室

口語與書面語中四字詞使用的差異

有一些四字詞或成語，粵語口語與書面語常常有一兩個字不同，大家也應該有所了解，學會使用相對應的書面語。

口語	書面語
妙想天開	異想天開
牛高馬大	人高馬大
包羅萬有	包羅萬象
七彩繽紛	五彩繽紛
三番四次	三番五次
不經不覺	不知不覺
急不及待	迫不及待
烏燈黑火	黑燈瞎火

口語	書面語
家傳戶曉	家喻戶曉
前功盡廢	前功盡棄
標奇立異	標新立異
白手興家	白手起家
面紅耳熱	面紅耳赤
靈機一觸	靈機一動
轉彎抹角	拐彎抹角
水浸眼眉	火燒眉毛

粵語口語與書面語的使用差異較多，不能盡錄。平日宜多閱讀、多積累。有疑問時，亦可查詢漢語詞典，提升書面語寫作能力。

答案參考

動作描寫類

日常生活

P.7 佔地方　P.9 回想起來　P.11 扔、扔 / 丟棄　P.13 站　P.15 喝
P.17 吐　P.19 按、按　P.21 削　P.23 融化了

校園生活

P.25 睡覺、叫喊　P.27 提醒　P.29 用着　P.31 知不知道
P.33 斜着　P.35 打、打　P.37 擁擠　P.39 運氣不好

綜合練習 1

P.40　一、1. 剝皮　2. 削皮　3. 談天 / 聊天
二、1. 逼：擁擠　2. 蝦：欺負　3. 識：會
三、擏住、返轉頭　四、1. 這條斜着畫的彩帶好像真的一樣。
2. 你往裏邊站，擋住道路就不好了。

人物描寫類

形象

P.43 挖鼻孔　P.45 難看　P.47 大汗淋漓　P.49 很帥氣
P.51 耳朵、鼻子　P.53 英俊　P.55 腿、膝蓋　P.57 可愛
P.59 闊　P.61 胖

行為

P.63 得意　P.65 磨磨蹭蹭　P.67 人小鬼大　P.69 厲害
P.71 小、細　P.73 結結巴巴　P.75 怎麼想都想不明白

綜合練習 2

P76　一、1. 酒窩　2. 鼻子　3. 沒大沒小
二、1. 得戚：得意
2. 甩甩咳咳：結結巴巴
3. 減極都唔瘦：怎麼減都不瘦
三、鼻窿、巴閉、豬朋狗友
四、1. 那個小嬰兒很可愛，他現在閉着眼睛，看不出眼睛大小。
2. 外公跑完步渾身是汗，但腰板挺直，很帥 / 帥氣！

事物描寫類

器物與環境

P.79 場、根　P.81 瓶　P.83 把、面 / 堵　P.85 塊　P.87 地下通道　P.89 旁邊

動物

P.91 毛巾　P.93 大象、猴子、鴿子　P.95 螞蟻、蟲子

綜合練習 3

P.96　一、1. 路口　2. 旁邊 / 隔壁　3. 麻雀

二、1. 白鴿：鴿子　2. 蟻：螞蟻　3. 一抽：一串

三、水樽、一嚿、雞髀

四、1. 蛋糕上面有兩根頭髮，真噁心。

2. 家怡在學校坐我旁邊，我們通常會一起上學。

心理描寫類

歡喜

P.106 非常疼愛我

P.107 氣鼓鼓

憤怒

P.101 喜歡　P.103 棒得不得了　P.105 怒氣沖天

P.109 不服氣

驚懼

P.111 不要想這麼多、想　P.113 這回麻煩了　P.115 很害怕

P.117 嚇得臉都白了　P.119 會令人討厭

思慮

P.121. 沒辦法　P.123. 一直想　P.125 掛念他們　P.127 怎麼辦

P.129 估計　P.131 就這麼決定了

綜合練習 4

P.132　一、1. 害怕　2. 怎麼辦　3. 令人討厭

二、1. 驚到手震：害怕得手發抖

2. 一於咁話：就這麼決定了

3. 唔忿氣：不服氣

三、愛錫、鍾意、心思思

四、1. 哥哥總是脫了臭襪子隨便放，媽媽氣得不得了。

2. 玲玲很掛念在外國留學的表姐。

新雅中文教室

口語・書面語對比60例

作　　者：畢宛嬰
插　　圖：HAND SOLO
責任編輯：張斐然
美術設計：劉麗萍
出　　版：新雅文化事業有限公司
香港英皇道 499 號北角工業大廈 18 樓
電話：（852）2138 7998
傳真：（852）2597 4003
網址：http://www.sunya.com.hk
電郵：marketing@sunya.com.hk
發　　行：香港聯合書刊物流有限公司
香港荃灣德士古道 220-248 號荃灣工業中心 16 樓
電話：（852）2150 2100
傳真：（852）2407 3062
電郵：info@suplogistics.com.hk
印　　刷：中華商務彩色印刷有限公司
香港新界大埔汀麗路 36 號
版　　次：二〇二三年七月初版

版權所有 • 不准翻印

ISBN: 978-962-08-8240-1
© 2023 Sun Ya Publications (HK) Ltd.
18/F, North Point Industrial Building, 499 King's Road, Hong Kong
Published in Hong Kong SAR, China
Printed in China